Tudo de Quanto Necessitas Está em Ti

Um conto chinês

Título original: *Utilise ce que tu es*
© 2004, Editora ISIS Ltda.

Tradução:
Maria Lucia Acaccio

Supevisão editorial:
Gustavo L. Caballero

Produção:
Equipe técnico ISIS

Capa:
Bernard Design

I.S.B.N.: 85-88886-12-X

Proibida a reprodução total ou parcial desta obra, de qualquer forma ou por qualquer meio eletrônico, mecânico, inclusive por meio de processos xerográficos, sem permissão expressa do editor (lei no 9.610 de 19.02.98)

Direitos exclusivos para a língua portuguesa reservados pela

EDITORA ISIS, LTDA.
Avda. Gen. McArthur 293
Jaguaré, São Paulo - SP - 05338-000
Tel: (11) 3765-1345
Fax: (11) 3765-1028
http://editoraisis.com.br
contato@editoraisis.com.br

Fun Chang

Tudo de Quanto Necessitas Está em Ti
Um conto chinês

Editora ISIS

Introdução

Este relato procede dos tesouros de sabedoria da antiga China; é atribuído a Fun Chang, autor que viveu vários séculos antes de Cristo. Sua densidade poética, a simplicidade dos ensinamentos que nele aparecem, o humor e a universalidade da suas mensagens, incitaramnos a adaptá-lo ao português e a publicá-lo. Como todo conto, este livro, segue a finalidade de despertar a intuição e a capacidade de imaginação. É, pois aconselhável lê-lo, detendo-se de vez em quando, para fechar os olhos e "ver" as imagens sugeridas na tela interior das pálpebras cerradas, ou deixar-se levar pela visão dos milhares de pontinhos das ilustrações, até que se animem e se convertam em estrelas de um céu onírico.

Alguns leitores se indagarão: São reais as aventuras deste imperador? Lo Yang existiu? Foi destruída por um tremor de terra? Quem era na realidade o velho sábio da narrativa?... Para responder a estas perguntas, damos a palavra a Buda, que declarou: "A verdade é o útil". Esta importante máxima expõe manifestamente, que não há uma verdade absoluta, válida para todos e em qualquer circunstância, mas conceitos que são corretos na medida da sua utilidade para um indivíduo determinado, num momento preciso da sua existência. Com a sabedoria universal e baseando-se na tolerância e no respeito às verdades individuais, cada qual descobrirá neste conto chinês, o que lhe possa ser útil, o que é verdadeiro para ele. Oxalá aprendam, amigos leitores, como o imperador deste conto que "tudo de quanto necessitais, encontra-se em vós mesmos" e assim obtereis na vossa vida cotidiana, mais liberdade, mais felicidade e mais consciência!

Na antiga China vivia um imperador que observava seus súditos, dia a dia, com muita atenção. Por uma das janelas do palácio via os cavalariços a trabalhar com os cavalos, os soldados exercitando-se no manejo das armas, os jardineiros cultivando conscientemente os jardins. De outra janela contemplava a praça do mercado de Lo-Yang, a capital, e interessava-se pelas relações das pessoas entre si: compradores, vendedores, os que ganhavam e os que perdiam. E à tarde, quando todos se haviam ido, observava o homem que varria a praça. Não deixava de observar dia após dia, mas, quanto mais olhava, quanto mais ouvia menos entendia.

Dois dias da semana eram dedicados à administração da justiça. Em toda China, os que não aceitavam o julgamento do seu governador provincial, podiam apelar

e ser ouvidos pelo tribunal presidido pelo imperador e a palavra imperial era aceita como lei.

Deste modo lhe eram apresentados problemas de sucessão, de disputas entre vizinhos, de reclamações de pessoas que se consideravam demasiadamente pobres para pagar impostos, de inválidos que queriam que o

governo os tomasse a seu cargo ou também contenciosos entre cidades ou entre províncias. O imperador distribuía justiça sem deixar de observar, enquanto desempenhava sua tarefa. Prosseguiu sua observação com constância durante anos, mas de repente, tornou-se-lhe insustentável permanecer sozinho com todas as questões que se lhe apresentavam, sem chegar a uma resposta. Não podia pedir nada a seus ministros porque eles eram semelhantes aos que acudiam em busca de justiça, tampouco podiam ser consultados os bruxos e magos, uma vez que estes haveriam querido mudar a realidade com sua magia, nem tampouco os médicos, pois também eles, estavam talhados pelo mesmo padrão. Uma tarde, enquanto passeava pelo seu jardim, revisando em pensamento todas as pessoas que havia conhecido na sua vida, buscando quem poderia responder a todas as perguntas que lhe estalavam a cabeça, lembrou-se daquele velho sábio que havia conhecido na sua juventude e que sabia tantas coisas...

Era realmente sábio este homem ou então lhe havia dado esta impressão por ser muito jovem? Oxalá estivesse ali, no jardim, para responder a todas estas perguntas que lhe corroíam o coração! Apenas este pensamento lhe passara pela mente, o velho sábio surgiu junto a ele e o imperador começou a acossá-lo com perguntas: Por que alguns nascem harmoniosamente e outros, disformes? Por que alguns são sábios e outros ignorantes? Por que uns são comerciantes e outros artistas? Por que alguns não querem melhorar sua vida? Por que aquele servidor que todas as tardes varre a praça do mercado, rejeita o posto que lhe ofereço no palácio? Por que alguns são mais fortes do que outros? Por que alguns são ricos e outros, pobres? Por que tudo isto é assim? Vi, disse o imperador, um menino de catorze anos, filho de um dos meus ministros, perder a vida quando jogava com seus companheiros. Por quê? Para onde foi sua vida? Por que foi tão curta? Alguns membros da corte têm noventa anos e quase já não podem andar. Por que sua vida é tão longa? Eu posso promulgar leis, ditar sentenças, disse o imperador, mas todas estas questões escapam do meu entendimento, o sábio respondeu-lhe:

— Olha teu jardim!

O imperador olhou ao seu redor e exclamou:

— É muito belo.

— Observa o carvalho na majestade dos seus anos, a quaresmeira tão graciosa, tão jovem! Veja as flores e as plantas; algumas são fortes e outras, frágeis; umas vivem muitos anos e outras, apenas uma estação; algumas

têm folhas atrofiadas ou flores incompletas; algumas árvores não podem desenvolver-se, privadas do sol pelas árvores maiores que estão ao seu redor. Por que não me perguntas sobre as árvores, sobre as plantas ou sobre as flores? E o que acontece com os animais? Por que o frango não tem a força do búfalo? Por que o tigre não tem a gentileza do cão? Por que a águia voa com força pelos ares, enquanto os pardais parecem tão frágeis? Não lhe parece injusto que alguns seres vivos sejam águias e outros pardais, alguns fiapos de ervas e outros carvalhos, uns granitos e outros diamantes? Não consideras tudo isso muito injusto? – Perguntou o sábio.

— Mas não se trata de pessoas – respondeu o imperador – não se trata de indivíduos dotados de razão, senão apenas de coisas sobre as quais caminhamos, coisas que comemos ou que fazem parte das nossas vidas sob diversas formas.

— Ah! – disse o sábio – aí te enganas. A vida que transcorre pelo caniço é a mesma que transcorre pelo carvalho. A que tem o varredor é a mesma a que tu tens. É o que se conhece como Deus, Hálito Divino, Vida, Energia, Poder universal, o "EU SOU".

O imperador coçou a cabeça e afirmou:

— Estou mais confuso do que antes.

— Vem comigo até o lago e senta-te nesta pedra - disse o sábio.

Então o sábio agitou a água com a mão e isto foi como se milhares de campainhas tilintassem ao seu redor. Naquele lago surgiu uma imagem.

— Vou conduzir-te muito além no tempo – manifestou o sábio – antes da época dos teus pais antes da do pai do teu pai e do pai do pai do teu pai, para dar-te, não uma visão completa e global, mas uma visão panorâmica, uma perspectiva do que são os homens, os planetas, os minerais, as plantas e os animais.

Apareceram então na superfície do lago, imagens de uma civilização incrível: havia objetos que voavam pelos ares, homens que se deslocavam em veículos não puxados por cavalos, estruturas gigantescas de metal que navegavam através dos mares. Os homens e as mulheres viajavam muito rapidamente, seus hábitos eram totalmente diferentes dos que o imperador havia conhecido.

— Esta civilização existiu antes desta que conheces agora – disse o sábio – olhemos mais um pouco atrás no tempo. A tela pareceu engrandecer-se e o imperador viu centenas de milhares de pessoas distribuídas por todo o planeta; contemplou civilizações, ao lado das quais, a sua fazia pensar na vida dos homens das cavernas. Depois percebeu um grupo de homens e mulheres que se reuniam; falavam uns com os outros, trocavam informações sobre a natureza da sua energia pessoal, expressando a beleza, o calor, o poder e a consciência que possuíam.

Logo atraíram até eles, outras pessoas desejosas de descobrir nelas mesmas, essa mesma auto compreensão e essa mesma liberdade para poder viver no mundo, sem ser do mundo. Uma noite, esses homens e mulheres conduziram as pessoas que estavam com eles a lugares escolhidos.

De repente se produziram relâmpagos e trovões e a superfície da terra, em instantes se metamorfoseou: ondas de vários quilômetros de altura varreram regiões inteiras, tremores de terra sepultaram cidades a quilômetros de profundidade, a terra e a água enterraram vastas civilizações; imensos territórios desapareceram e surgiram novas terras. O imperador observava fascinado. Viu que os sobreviventes eram fortes e valentes; aprendiam a ver e a compreender o que eram verdadeiramente, graças aos que os guiavam. A capacidade de viver em harmonia consigo mesmo e com os elementos da natureza estava muito desenvolvida. As árvores, as plantas e as flores tinham desaparecido. As sementes germinavam mais necessitariam anos para crescer. Desta

forma se desenvolveram pequenos grupos em diversas partes do mundo. Pouco a pouco foram nascendo crianças. Logo começaram a perguntar: "De onde viemos? Para onde vamos?"

Quando seus pais começaram a contar o que haviam conhecido, os filhos não puderam acreditar neles. Como iam conseguir compreender sem imagens, nem objetos da época precedente, como lhes explicar, como fazê-los compreender? Alguns jovens partiram para formar novas sociedades em outros lugares. Logo morreram os sobreviventes da civilização anterior.

As imagens da superfície do lago ficaram borradas e logo desapareceram.

O sábio disse ao imperador:

— Os que sobrevivem devem ir mais além.

— Não compreendo – disse o imperador.

— Viste que estes homens eram sábios porque eram guiados pelo íntimo e conduziram os sobreviventes para começar um novo ciclo. Estes sábios são, de algum modo, o alimento, a energia, o combustível de cada ciclo. Para que se cumpra o ciclo da vida, é necessário um aporte de energia. O homem nasce incapaz de alimentar-se e morre da mesma maneira. Tudo o que vive, vive segundo certos ciclos: minerais, plantas, flores, animais e seres humanos vivem seguindo os ciclos da natureza. Até o planeta segue um ciclo. Estes homens e estas mulheres que desenvolveram o conhecimento de si mesmos e sua capacidade de união com cada vivente, têm como função em cada era cataclísmica, manter a coesão necessária, proporcionar os elementos indispensáveis para a continuidade do ciclo global.

— Não lhes faz falta serem bons ou maus: são pura energia. Podem ser papas ou imperadores, gladiadores ou

pastores, funcionários ou carroceiros, porem, transmitem energia. Contribuem para que o ciclo se cumpra, são a ponte que conduz de uma época à outra, o fio que configura a trama da história humana. Compreende imperador, que teu varredor de ruas é como uma semente, uma jovem energia; talvez, noutra época, seja um ser diferente, uma árvore com galhos poderosos, mas, no momento, não podes pretender que seja de forma diferente de como é na realidade. Uma parte importante da sabedoria e do conhecimento consiste em não querer transformar as pessoas no que não são, mas em aceitá-las como são, em compreender sua experiência da vida. Arrancas do teu jardim todas as plantas que não são carvalhos?

— Não, buscas harmonia entre as ervas, as flores, os arbustos e as árvores. Alimentas tuas rosas, mas dizes a elas: "vou alimentá-las para que vivam tanto quanto o

carvalho?" As rosas não querem ser carvalhos, querem ser rosas! Por que vamos pretender que os homens sejam algo diferente do que são? Esta é a lição mais difícil de aprender para os seres humanos, afirmou o sábio, mas podes começar por aceitar a evolução dos reinos mineral, vegetal e animal. Já podes admitir que um tigre seja mais forte que um rato, que uma vaca dê mais leite que uma cabra. Não podes compreender que ao varredor agrade-lhe ser varredor? Não podes aceitar que os que têm fome fazem parte do jardim do teu império? Podes dar-lhes de comer, mas isso não leva em conta o conjunto da situação. Deverias saber, imperador, que não tens de ali-mentar teu povo; podes atuar para que a comida seja acessível a todos os habitantes, mas aprender a alimen-tar-se é coisa sua. Qualquer civilização que começa a ali-mentar as pessoas, pensando que são incapazes de cui-dar-se por si mesmas, está destinada ao fracasso. Todo homem que não pode cuidar de si mesmo, começa a morrer. Todo animal que não pode ocupar-se de si mes-mo, converte-se em presa de outro animal. Toda planta que não tem força para alcançar o solo e a água, regressa à terra da qual saiu. Vem comigo; entra na imagem que se forma diante dos teus olhos e olha esse bosque.

Era um magnífico bosque, com grandes árvores, flores maravilhosas e animais passeando por aqui e por ali.

— Esta parte do bosque não foi tocada pelo homem – disse o sábio.

— A vida está em todas as partes. Veja as ervas, as flores, as árvores, os pássaros, os insetos, os animais, vivem seus ciclos, aprendem e evoluem.

— Mas o homem está mais avançado, é mais inteligente – disse o imperador.

— Quem disse isso? – perguntou o sábio – como sabes que o homem está mais acima ou mais abaixo que o reino mineral? O reino mineral que não se queixa, não tenta apropriar-se das coisas alheias, não mata outros indivíduos, faz todas as coisas com simplicidade, em consonância com a natureza que o rodeia. Estás seguro de que o homem está mais acima no plano terrestre, e de que não vais converter-te em rocha?

O imperador respondeu:

— Isto me parece impensável.

— Teu pensamento é limitado – disse o sábio—, não obstante, tudo quanto sejas capaz de imaginar, pode existir. Não há nada impossível.

O imperador perguntou:

— Em que me ajuda tudo isto como imperador? Acabam de acontecer grandes inundações no Sul e muitas pessoas perderam suas casas, milhares delas morreram afogadas; os sobreviventes pedem-me víveres.

— Já te tens indagado, imperador, por que essas pessoas vivem tão próximas do oceano ou à margem dos rios ou nas terras baixas que a água pode inundar? Por que constróem sua casa sobre barrancos, em lugares que

podem ser derrubados, por que não tentam integrar-se à natureza em vez de desafiá-la? A natureza, as forças naturais são como cem milhões de cavalheiros providos de espadas resistentes; não há forma de contê-los. As pessoas cultas sabem onde viver, onde construir suas casas, como se proteger. Se forem pescadores, ensina-lhes a utilizar os ventos e as marés, ensina-lhes a viver com a natureza, explica-lhes que se lutam contra ela, devem aceitar as conseqüências. Não podes ter pesar pela pessoa que perdeu sua casa num terremoto, numa tempestade ou numa inundação. Ela escolheu este risco por viver onde vivia. Tu não podes obrigar as pessoas a mudar sua vida. Quando existem demasiadas ervas daninhas e não há suficientes carvalhos, quando há mais pardais do que águias, mais ratos do que tigres, mais granito do que diamantes, produz-se um desequilíbrio que origina uma renovação da situação pelo jogo das forças naturais. Nada morre. Certas formas de vida desaparecem e são substituídas por outras, mas este espírito vivo que há em cada uma delas, não morre jamais. Os funerais são feitos para os vivos, não para os mortos. Fazem-se para que as pessoas possam ter o prazer de manifestar seu pesar, mas o morto não tem necessidade destes, posto que não está morto, mas que prossegue sua vida em outras condições. O bosque não faz funerais, os animais tampouco, nem os pássaros, nem os insetos, nem as flores.

— Tenho sido um mau imperador, – confessou.

— Não! – Atalhou o sábio – não tens sido um mau imperador! Utilizaste o instrumento que tinhas. Usaste plenamente tuas forças dentro dos limites da tua compreensão. Foste capaz de perceber. Através de tudo o que tens sido, tem-se manifestado a energia que há em ti.

O velho sábio houvera desejado que o imperador tivesse podido ver e compreender, mais sabia, porém, que a compreensão se desperta lentamente.

O imperador disse:

— O que ocorre com as leis do país, devo eliminar tudo e voltar a começar novamente?

— Não – disse o sábio – governa as pessoas do império, como um jardineiro governa seu jardim. O jardineiro permite que suas plantas cresçam sem tentar convertê-las naquilo que não são. Ele não olha a rocha em que estás sentado para dizer-lhe: "Não me agrada o que és, não me agrada a cor que tens, deves converter-te em rocha de jade!" Ao pássaro que está na árvore o jardineiro não lhe diz: "Deverias ser uma águia, vou transformar-te em águia!" Tu não podes transformar nem o pardal em águia, nem o faxineiro em imperador, nem fazer a felicidade dos demais, por regra geral. Os indivíduos são vibrações, são uma energia que elege um corpo, vivem nesse instrumento e o utilizam. Tu, na tua mesa, utilizas toalhas para comer, mas o teu moço do estábu-

lo emprega suas mãos. Se vier à tua mesa, satisfará seu estômago como tu, mas necessitará de um banho depois de ter comido, enquanto tu, permanecerás limpo. O mesmo sucede com a energia: entra num corpo e esse corpo pode parecer-se com qualquer outro. Olha os ministros que te rodeiam: todos têm dois braços, duas pernas e dois olhos, salvo raras exceções, todos têm aproximadamente o mesmo corpo, mas todos são diferentes. Por que um é um grande intelectual e o outro não? Por que teu mágico pode mover os objetos com a força do seu pensamento? Cada pessoa é uma energia. A energia que há em cada um, sabe utilizar tudo que ali há e o faz mediante as experiências que o indivíduo vive em cada uma das etapas da sua vida.

— Queres dizer com isto que eu já vivi antes?

— De certa forma – contestou o sábio – é uma maneira de abordagem do problema; o que tem de ser compreendido por todos, é que tua energia será capaz, na próxima vez, de absorver algo diferente.

— Mas como o mal pode ser uma energia útil? – perguntou o imperador.

— O que chamamos mal é uma energia. Podes matar milhares de pessoas, inclusive milhões, sem que isto seja "mal".

— Por que haveria de ser mal? Tu matas milhares de mosquitos, milhares de animais e de plantas para comer. Qual é a diferença entre a energia deles e a de um homem?

— Mas o homem é como eu!

— Não acreditas que um tomate poderia dizer o mesmo de outro tomate? O fato de compreender isto é importante. Não se trata de pregar ou de tentar difundir esta sabedoria pelo mundo; trata-se de observar estas coisas e de que se convertam numa parte do teu ser. Assim, poderás viver no mundo sem medo, sem frus-

tração, sem cólera e sem julgar, porque terás aprendido a observar. Esta capacidade de ser testemunha, sem identificar-te com cada situação, dá a ti, um poder incomensurável. Olha esse carvalho imenso que domina o jardim; os pássaros edificam ninhos nos seus galhos. Olha a águia que observa tudo o que ocorre abaixo dela. Recorda que as pessoas devem experimentar o que vivem.

Se sentes pena ou lástima pelos demais, te identificas-te com eles, participas daquilo que eles são e então não permites que tua energia se desenvolva ao máximo.

— O que é a energia? – Perguntou o imperador.

— Ah! Disso te falarei mais tarde; é preciso antes, que tenhas a base necessária, que possas perceber o que és.

— Demonstraste a mim, as mudanças do mundo. Verei algum dia tais acontecimentos? Que aspectos terão. Será o mesmo que ocorreu a última vez? Haverá um grupo de sábios que saberão o que vai acontecer?

— Sim — respondeu o sábio.

— Prepararam outros indivíduos?

— Sim.

— Participarei do grupo?

— Pode ser que sim, ou pode ser que não.

— Quer dizer que sem uma certa sabedoria, poderia morrer?

— Não, morrer não, renovar-te sim.

— Neste momento és um carvalho e se a parte inferior do teu tronco está em mau estado, talvez experimentes a necessidade de renovar-te.

— Se fores uma velha águia que já não pode mais voar, se fores um diamante cheio de rachaduras que perdeu sua força, ainda que este diamante tenha sido diamante, como a águia, águia e o carvalho, carvalho, cada um está preparado para novas experiências. Reconhece

que estás aprendendo a utilizar o teu poder e que para poder utilizá-lo ao máximo, não deves deixar que a energia dos demais controle a tua. Podes perceber os demais, podes aprender deles, mas mantém uma atitude de observação.

— O que devo pensar de tudo o que me explicas? – disse o imperador. Como saber que não estás tentando induzir-me ao erro, rir-te de mim, confundir-me?

— O que ganharia eu com isto? Não tenho nada a ganhar – disse o sábio – eu não vou transformar-me em imperador, não me darás grandes riquezas. O que poderia eu ganhar com isto? Não contes a ninguém o que acabas de ouvir, guarda-o para ti. Aprende que as inspirações, as visões interiores, as intuições que possas ter, são teus diamantes, tuas jóias que se convertem na tua força, na tua realização e na tua plenitude. Quando estiveres sentado entre tua corte e muitas pessoas vierem junto a ti, observa-as. Se chegarem da região que sofreu inundações, educa-as; se vierem para reclamar dinheiro, ensina-as a trabalhar. Não faças, o que elas devem fazer. Eu poderia mostrar-te a luz, a energia, os recursos do teu ser, que todavia ignoras.

— Mas posso eu conhecê-los? – disse o imperador.

— Eu poderia enumerá-los para ti de diversas maneiras – disse o sábio – mas podemos colocar um rebanho de elefantes numa casa pequena? Compreende que te ensino tudo o que podes entender na atualidade. É preciso, contudo, que o ensinamento seja progressivo na medida em que cresceres, que permitas a teu corpo, a teu coração e a teu cérebro funcionarem melhor. Eu poderei proporcionar-te mais; quanto mais receberes, melhor compreenderás os que te rodeiam e a natureza.

— Ficas em baixo de uma árvore que está para cair?

— Seria uma insensatez, naturalmente que não! – Disse o imperador.

— E se não sabes que a árvore vai cair?

— Ah! – disse o imperador – queres dizer que eu poderia saber que a árvore está para cair?

— Podes participar de todas as coisas – afirmou o sábio.

— Quando uma anciã enferma dirige-se a ti, não a coloques numa residência para pessoas idosas. Ajuda-a aprender a utilizar o que tem. Se suas pernas e braços apenas se movem e lhe dizes: "Senhora tiveste uma longa vida, agora necessitas que cuidem de ti, vou enviar-te para uma casa ao sol, na costa", ela ficará contente, então mais cem velhas te pedirão ajuda. Se, pelo contrário, disseres a ela: "Amanhã tomarás um banho frio, começarás a correr e a fazer teu corpo trabalhar!" Se o fizer poderá melhorar, mas não verás acudir a ti uma multidão de velhas que buscam tornar-se dependentes. Ensina às pessoas a se ajudarem a si mesmas. Dá a elas todos os instrumentos necessários, se sabes que elas têm capacidade para utilizá-los.

— Ensina-me a utilizar teus próprios instrumentos – pediu o imperador.

— Como vou ensinar-te a manejar instrumentos que precisam de sete mãos para manejá-los?

— Então o que fazes para usá-los? – perguntou o imperador.

— É fácil – contestou o sábio – e de repente lhe apareceram sete mãos!

— Oh! – exclamou o imperador – não posso fazer isso.

— Sim, poderias! Tudo o que podes conceber é realizável – afirmou o sábio.

O imperador refletia, olhando o lago. Tudo isto era novo para ele, e muito importante. Era consciente de que esta compreensão ia mudar sua vida. Não mudaria a vida dos demais, mas poderia ajudá-los para que eles mesmos a mudassem. Voltou-se até ao velho sábio e lhe disse:

— Existe um lugar na praça do mercado onde há muito tráfego, e quando as pessoas passam por ali algumas caem e se ferem. É preciso que envie um guarda para que organize a circulação?

— Queres protegê-las? – disse o sábio.

— Por que queres protegê-las?

— Porque é necessário que voltem às suas casas sem danos.

— Isto vem a significar que são uns idiotas, que não são capazes de fazer as coisas por si mesmos! Quantas leis fizeste porque pensavas que teus súditos eram incapazes de proteger-se a si mesmos?

— Mas sem leis isto seria um caos – considerou o imperador.

— Está certo, quanto mais gente há, mais leis se promulgam.

— Não obstante deves aprender a viver por ti mesmo e a funcionar sem leis. Deves aprender a viver num mundo regido por uma única grande Lei. Por onde quer que olhes, na natureza, aplica-se a mesma Lei.

— Ensina-me, pediu o imperador.

— Primeiro – disse o sábio – eu posso te ensinar a viver além das leis, ainda que deverás continuar praticando-as para aqueles que, ainda, não estão preparados para viver sem elas. Podes conviver com esta idéia?

O imperador refletiu um momento e disse:

— Não sei.

— Não obstante é fácil – disse-lhe o sábio – a águia que está no céu não sabe nadar, o peixe não voa, a borboleta não colhe mel. Todos utilizam sua energia. Compreende que tu podes ditar as leis e ao mesmo tempo permanecer à margem delas. Deves estabelecer leis porque as pessoas não têm intuição, não sabem viver naturalmente. As plantas, os caniços, as rochas, os animais sim, sabem viver. Sentem quando está para acontecer um tremor de terra, quando se arma uma tempestade e agem em conseqüência. Uma planta que vive próxima do oceano assegura-se de que suas raízes se introduzam profundamente para não ser arrancada pelo vento. O homem que sabe ouvir sua intuição, já não necessita de leis.

— Mas nem todo mundo pode ter intuição.

— Disto, falaremos amanhã, – disse o sábio.

— Um momento – disse o imperador – falaste destes homens e destas mulheres sábias e fortes que são como o fio que tece a trama do mundo. Disseste-me que se expressasse a energia que há em mim, talvez pudesse viver num corpo mais forte todavia e perceber outras coisas. Como poderei eu saber quando terei experimentado tudo e que já não necessito de passar pela experiência de estar num corpo?

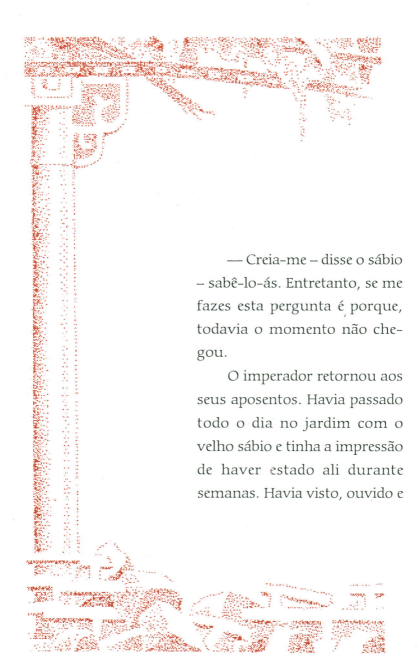

— Creia-me – disse o sábio – sabê-lo-ás. Entretanto, se me fazes esta pergunta é porque, todavia o momento não chegou.

O imperador retornou aos seus aposentos. Havia passado todo o dia no jardim com o velho sábio e tinha a impressão de haver estado ali durante semanas. Havia visto, ouvido e

assimilado tudo quanto havia podido. Encostou-se à sua cama, cobriu-se com seu cobertor e adormeceu.

Invadido pelos sonhos, viu-se passeando num bosque por entre árvores, pássaros e insetos; logo sentiu que o bosque tremia como se um gigante estivesse a caminhar junto dele; os animais corriam apavorados, os pássaros foram arremetidos ao ar, o bosque tremeu mais; teve medo; o bosque sofreu abalos cada vez mais fortes e o imperador despertou. Seu palácio tremia. As portas haviam tombado, os muros começavam a rachar e a caír. Ouviu gritos que vinham da cidade de Lo-Yang. Quis por-se em pé, mas as ondas sísmicas que sacudiam o palácio, cravaram-no ao solo e não pode deslocar-se, senão engatinhando. Nem um servente estava à vista, exceto um que viu estendido sob uma estátua. Avançou até a entrada e viu que as pessoas corriam em todos os sentidos, empurrando-se e tropeçando umas nas outras. O pânico atingia seu ponto culminante, todo o palácio oscilava e desmoronava-se com estrépito. O imperador subiu até sua casa, prosternou-se ante o altar dos seus antepassados e esperou. Logo se detiveram o estrondo e o tremor. Um silêncio sepulcral apoderou-se do lugar. A atmosfera estava carregada de pó. O fragor tornou a começar e novamente ouviu gritos e alaridos. Desta vez o ruído era mais surdo e todo o palácio parecia deslocar-se como se tivera pernas. De repente, o imperador escutou a palavra "fogo", gritada nas ruas de Lo-Yang, seguida pelo crepitar das casas em chamas; o fragor continuava. As paredes e os tetos do palácio caíam ao redor do imperador que permanecia prosternado diante do seu altar. Não rezava, não dizia nada, sentindo apenas que se tivesse que passar para o outro mundo, este haveria de ser o momento ideal. Após um instante, que lhe pareceu uma eternidade, o estrépito cessou. Esperou. Já não caía nada mais. Pôs-se em pé, com precaução. Ao seu redor pôde ver pedaços de granito e de mármore, estátuas quebradas, paredes e colunas derrubadas. Sacudiu o pó dos seus trajes e passou por cima dos escombros que o rodeavam. Ouviu então, uma mulher na habitação da imperatriz que pedia ajuda. Não pôde tirá-la dos escombros e, como não havia ninguém vivo que pudesse ajudá-lo, teve que deixá-la. Foi até o terraço, cujo parapeito havia desaparecido e avistou a cidade de Lo-Yang: não restavam mais que ruínas; suas construções tinham vindo abaixo e o fogo as consumia. Lágrimas brotaram-lhe dos olhos; perguntava-se quantas cidades chinesas teriam sido destruídas também. Tratava-se do fim do mundo? Do grande cataclismo de que o velho sábio havia falado no dia anterior? A que se poderia atribuir semelhante catástrofe? Por que semelhante ferocidade da natureza? Por que estas pernas esmagadas sob grandes pedras? Essas pessoas correndo pelas ruas com suas roupas ardendo? Sentiu-se desesperado e impotente. Que fazer? Por onde começar? Enquanto caminhava pelo palácio deu-se conta de que o fato de ser imperador da China, já não tinha importância para ninguém. Para as pessoas, somente lhes preocupava seu sofrimento, sua miséria e seu medo. Franqueou o portão principal do palácio e se adentrou em Lo-Yang, cruzando-se com gente que caminhava como numa névoa. Ninguém o reconhecia. Quis ajudar alguém, mas a pessoa se pôs a gritar tão forte que teve de dar um passo atrás e deixá-la. O que podia fazer? Tentou socorrer um menino tirando-o das ruínas, mas o menino gritou e esperneou com raiva, pelo que teve de voltar a levá-lo junto dos escombros sobre que jaziam seus pais. Alguns soldados saqueavam aqui e ali; quando o imperador gritou com eles que se detivessem, desembainharam seus sabres porque não o reconheciam devido ao pó que cobria suas roupas. Teve de fugir.

Num momento, a terra havia tragado a capital, fez perder todo o seu poder de imperador, espalhando loucura, medo e desespero. Passando por cima de corpos e de pedras, atravessando as ruínas, que, todavia ardiam, o imperador voltou ao seu palácio. Franqueou os muros destruídos e dirigiu-se ao seu jardim que estava milagrosamente intacto: nem uma flor, nem uma gota de água faltava, como se a mão gigante que devastara tudo houvesse respeitado esse lugar. Tomou água do arroio, sentou-se no chão e chorou amargamente. Que inútil se sentia, nem exército, nem ministros, sua esposa, a imperatriz, esmagada nas ruínas do palácio, seus filhos desaparecidos, Lo-Yang arrasada! Agora era imperador de quê? E o que havia sucedido com o resto do país? Já não havia poder. O exército tornara-se insensato, saqueando e roubando; como saber se as províncias do sul lhe haviam permanecido fiéis? Como informar a todos que

estava vivo? Chorou mais amargamente do que nunca. De repente se estremeceu, pois uma mão se havia pousado em seu ombro. Ali estava o velho sábio, em pé, e o imperador, possuído de uma intensa cólera pôs-se a gritar:

— Já não há palácio, nem cidade, minha esposa e meus filhos morreram. O poderio do meu país foi devastado por um sismo. Tua preciosa natureza destruiu-o todo. Não restou nada, não tenho valor!

O sábio olhou-o nos olhos.

O imperador gritava e gesticulava. Queria quase empurrar e golpear o sábio, mas uma força impedia que seu braço se levantasse. Desvaneceu-se com uma grande agitação. O sábio sentou-se ao seu lado, esperou que houvesse recuperado os sentidos e disse-lhe:

— O que vais fazer?

O imperador desesperado encolheu os ombros e disse:

— Não sei.

— Que queres dizer com "não sei?" Teu corpo está vivo, tens um trabalho a fazer, tens uma função a cumprir.

O imperador gritou:

— Já não tenho nada, todo o meu dinheiro está sepultado sob o palácio. Não posso pagar os soldados que saqueiam a cidade. Não sei que aspecto tem o resto do país. Que posso fazer?

O velho sábio levantou-se e disse-lhe:

— Levanta-te. – E o imperador se ergueu.

— Olha esta águia no céu!

O imperador levantou os olhos:

— Que águia?

E o sábio o empurrou para água do arroio. A água estava fria; o imperador surpreendeu-se; olhou para o velho sábio e pôs-se a rir.

— Ninguém mais do que tu me trata assim! Somente tu me permites que me sinta um ser humano!

— Ajuda-me!

— Que queres saber? – Perguntou o sábio.

— Ajuda-me a reconstruir este palácio, esta cidade!

— Não posso ajudar-te, – respondeu o sábio.

— Que queres dizer com isto?

— Sou um sábio, posso ver o passado e o futuro, posso compreender o que ocorre, mas não posso ajudar-te.

O imperador disse-lhe:

— Não te compreendo!

O sábio prosseguiu:

— Um vidente pode ver somente; pode ajudar os demais a utilizar os instrumentos de que dispõem, mas não pode nem obrigá-los, nem fazer o trabalho por eles.

— Por que estou aqui? – Perguntou o imperador e continuou – por que vim a esta terra, qual é a utilidade de tudo isso? Venho, morro; volto, morro... não tem sentido! Olha toda esta devastação!

O sábio manifestou-se:

— Não pretendas saber por que estás aqui, isso não tem a menor importância.

O imperador gritou:

— Necessito saber por que estou aqui, do contrário, não posso reconstruir nada, não posso recomeçar de novo!

— És ridículo – disse o sábio –. Pergunta um bebê, antes de aprender a andar, por que está ali? Pergunta de onde vem, antes de aprender a falar? Pergunta um lactante por que nasceu antes de começar a comer? Não sejas estúpido! Não tens necessidade de saber de onde vens. Muitas pessoa utilizam este tipo de jogos mentais para evitar olhar-se de frente, para não se servirem dos instrumentos que têm à sua disposição. Fogem da realidade presente, dizendo: "Se pudesse saber de onde venho, então sim poderia"; mas isto não tem nenhum sentido. Este tipo de idéias não tem mais valor do que Lo-Yang hoje.

O imperador estava aborrecido e perguntou:

— Sabes de onde venho, por que estou aqui?

— Sim – respondeu o sábio – mas se te dou uma explicação intelectual da tua situação, isto não vai ajudar-te a reconstruir Lo-Yang.

O imperador retrucou:

— De que necessito saber então?

— Necessitas saber que a situação em que te encontras é a situação que tens para viver; não podes ficar aqui indefinidamente, contemplando o próprio umbigo e repetindo: "por que me aconteceu isto? Por que vim para cá? De onde provenho? Por que desapareceu minha família? Por que sou imperador da China?" Estas perguntas não têm nenhum sentido. Estás aí e isso é tudo. És imperador. Que vais fazer, deixar-se ficar aqui choramingando e assoando o nariz? Isto não te leva à parte alguma. Estás aí porque estás aí e deves manejar a situação, o melhor possível. Deixa já de dar-te desculpas.

O imperador sentia-se ferido e mortificado.

O velho sábio apercebeu-se do seu medo, da sua irritação e da sua frustração e disse-lhe:

— A maioria das pessoas são como crianças, não se perguntam nem de onde vêm, nem para onde vão: apenas preocupam-se em andar, em comer, em viver experiências. Alguns indivíduos chegam ao umbral do pensamento e começam a delinear problemas. Alguns encontram a religião, outros, mestres que lhes dão respostas e finalmente estão os que, como tu, querem saber mais, conhecer todos os detalhes. Eu poderia dar-te mil explicações, deslumbrar-te de tal forma que não poderias suportar tua própria luz. Entretanto, que bem te faria, que poderias fazer com isto? Dás a comer ao teu filho, uma tonelada de arroz de uma vez?

— Não, disse o imperador.

— Teu filho comerá uma tonelada de arroz em sua vida. Por que não dá-la de uma só vez, para que já não tenha necessidade de comer?

— Mas isto o mataria.

— Ah! – disse o sábio – compreendeste. O que tens a fazer é não desenvolveres questões inúteis, mas utilizar a situação na qual te encontras; não dizer "se houvesse virado à direita, em vez de tê-lo feito à esquerda, isto não teria ocorrido; se houvesse enviado meus filhos ao palácio de verão, talvez estivessem vivos". Estas questões não te conduzem a nada. Estás onde te encontras agora e é aí onde deves estar. Não podes viver no passado, nem no futuro, mas no presente. Qualquer que seja a situação, utiliza os instrumentos de que dispões, usa tuas mãos, tua inteligência e tua força.

— Mas eu não tenho nenhum instrumento – disse o imperador – sequer posso construir uma casa para mim.

O velho sábio sacudiu a cabeça.

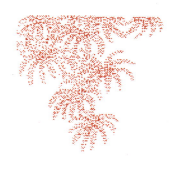

— O receio e o medo aumentaram tua ignorância. Teus instrumentos são tudo o que utilizas para que um trabalho se realize, o que pode ser uma palavra ou um sorriso. Teus instrumentos são tua capacidade de compreender que onde te encontras neste momento é onde deves estar e não noutro lugar ou noutra

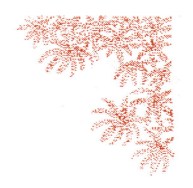

situação. Utiliza cada momento.

— O que teria ocorrido, se houvesse morrido? – Perguntou o imperador.

— Que pergunta mais tonta – disse o sábio – neste caso eu não estaria falando-te e tu não terias problemas! Alguém viria, tomaria a China em suas mãos e tu irias com teus antepassados.

O imperador andou pelo jardim com as mãos nas costas, olhando o chão pensativamente. Voltou-se para o sábio e disse:

— Pouco importa por que estou aqui, tenho um trabalho a fazer.

— Está bem, – disse o sábio – pouco importa para onde vou, sempre dou um passo após o outro.

— Está bem!

O imperador avançou lentamente um pouco mais longe.

— Como posso agir, que instrumentos posso utilizar?

O sábio respondeu-lhe:

— Durante estes últimos minutos percorreste uma distância de nove metros.

Nesses nove metros encontraste muitos instrumentos!

O imperador olhou-o:

— Verdade? Então se voltou, olhou o pequeno caminho que serpenteava pelo jardim.

— Instrumentos?... Voltou-se outra uma vez e começou a olhar à direita e à esquerda.

— Mostre-os a mim!

— Há frutos nas árvores para alimentar-te, – disse o sábio.

— Ah! Sim – exclamou o imperador.

— Água para refrescar-te.

— Oh, sim! – Voltou a exclamar o imperador.
Tornou a olhar e disse:

— Madeira e pedras para construir.

— Muito bem, – disse o sábio. O imperador via os pássaros, os insetos, a vida que sussurrava em todas as partes. Ia daqui para ali, excitado, observando essas coisas de todos os dias, das quais se dava conta de que poderia aproveitá-las.

— Começas a compreender – disse o sábio.

— Utiliza o que está aí. A maior parte das pessoas nunca vêm isto. Passam pela vida buscando sempre algo diferente, atravessam a existência persuadidas de que seu objetivo está muito mais longe, quando ao seu redor se encontra tudo de que necessitam para alcançar sua meta.

— Um momento – disse o imperador – não compreendo.

— É fácil – disse o sábio – se quiseres construir uma parede, de que necessitas?

— Pedras! – contestou o imperador.

— Bem, onde estão?

— Estão aí ao meu redor.

— Bom, pois começa a construir.

— Mas para mover estas pedras, necessito de ferramentas!

— Acabas de passar ao lado de algo, ao longo do caminho – disse o sábio.

O imperador voltou-se sobre seus passos e encontrou um madeiro que podia ajudá-lo a levantar as pedras.

— Além de pedras, necessitarei de areia, água e argila para fazer cimento.

— Bom, todos estes elementos estão à tua disposição – replicou o sábio – junto ao riacho há argila e areia.

O imperador dirigiu-se para lá e trouxe tudo quanto precisava.

— Agora – continuou o sábio – tens todos os instrumentos necessários para levantar uma parede.

— Queres dizer, que se olhamos ao nosso redor e se utilizamos o que há, de uma forma completa, não há mais que reunir os elementos necessários, pois não é necessario correr por todos os lados para encontrá-los, porque tudo já está aqui?

— Sim – disse o sábio –, cada homem e cada mulher têm a capacidade para ver, perceber e ser único por toda a vida, se são conscientes de tudo o que os rodeia: ervas, flores e pedras. Não se aprende encerrando-se num laboratório ou num mosteiro, nem se limitando a seguir um só caminho, nem vendo a realidade mais que por um único prisma, de uma só forma. Teu caminho está desti-

nado a ajudar aos demais para que sejan auto-suficientes e inspirá-los na reconstrução.

O imperador sentiu-se cheio de entusiasmo.

— Utiliza os instrumentos que estão ao teu redor – disse o sábio – aproveita a energia dos que trabalham contigo. Quantas pessoas utilizaste mal no passado? Quantos deixastes que se deteriorassem por não utilizá-los?

O imperador refletiu:

— Tinha um mensageiro; quando me tornei imperador, ele estava em plena forma e com sua rápida carreira podia entregar uma mensagem de uma cidade à outra. Tornou-se meu amigo e quando, não faz muito tempo, tive que enviar uma mensagem ele já não se encontrava em boa condição física, já não podia correr tão rapidamente. Tive que deixar de utiliza-lo!

O imperador aproximou-se de um buraco no muro, olhou a destruída Lo-Yang, e as lágrimas se lhe saltaram dos olhos.

— Um momento! – exclamou o sábio – por que choras?

— Por todas estas pessoas, pela beleza que havia aqui – disse o imperador.

— Esqueça tudo! – aconselhou o sábio.

— A gente se nutria e vivia dela.

— Portanto, foi bem utilizada. Agora, utiliza o que há e deixa de olhar para trás; nada foi nem será melhor do que o momento presente; no futuro, cada instante será agora e sempre, não podes viver mais do que no presente.

— Oh! – exclamou o imperador e pareceu-lhe que num segundo, havia ganho de repente, quarenta anos de compreensão.

— Por onde começar? – pensou. Não podia nem sentir, nem ver, nem saber por onde começar. Voltou-se para o sábio e disse-lhe:

— Minha família desapareceu.

— Está bem – disse o sábio.

— Está bem? Por que está bem? – inquiriu o imperador.

— Porque faziam parte de uma época da tua vida e agora vive outra. Que pensas do teu avô? – perguntou-lhe o sábio.

— Era excelente – respondeu o imperador.

— Sofres porque ele já não está aqui?

— Não - contestou o imperador.

— Por quê?

Então o imperador começou a compreender.

— O medo – afirmou o sábio –, a tristeza e a emoção formam parte da evolução do homem. É uma evolução pela qual deves passar, mas, enquanto fores presa de emoções, não podes utilizar o que és. Os sábios, os que sabem como ajudar às pessoas a se verem a si mesmas, não se deixam envolver pelo que foram. Não os preocupa mais do que o momento presente. Podem ver o futuro e o passado, mas não se deixam levar nem por um, nem por outro.

Apenas havia terminado de pronunciar estas palavras, quando, num abrir e fechar de olhos, o sábio desapareceu. O imperador pôs-se a caminhar dando voltas em torno de si; tinha medo. O que fazer? Abandonou o jardim, atravessou o palácio e dirigiu-se à cidade de Lo-Yang. Começou a remover os cadáveres soterrados pelos escombros, a reuni-los, tentando identificá-los e logo um homem velho, adoentado, pôs-se a ajudá-lo. Uma

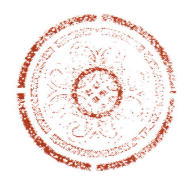

criança também veio trabalhar com eles. Pouco a pouco, formou-se um pequeno grupo que trabalhava nas ruínas de Lo-Yang, amontoando corpos, tentando identificá-los para posteriormente incinerá-los. Uma anciã uniu-se a eles, logo, um robusto soldado, desorientado pela perda da sua família e que tinha necessidade de fazer algo. Encontraram uma mãe carinhosa para cuidar dos feridos mais graves e trabalharam valentemente, dia após dia. Logo se formaram outros grupos; paulatinamente foram saneando a cidade.

Os dias converteram-se em semanas e não desfaleciam. Duzentas ou trezentas pessoas começavam, cheias de força e de coragem, a restabelecer uma vibração neste lugar. Um dia, um soldado reconheceu o imperador e comunicou aos demais. Foi uma esperança; todos alimentavam o sentimento de que tudo era possível, porque o imperador estava ali, trabalhando, comendo o mesmo e convivendo com eles. Duas semanas mais tarde, ouviram ruídos na colina e divisaram um grande exército que se acercava. O imperador avançou lentamente ao seu encontro, sua figura estava suja, suas roupas rasgadas; atrás dele caminhava um pequeno grupo de sobreviventes de Lo-Yang. O general chefe do exército desceu do cavalo e dirigiu-se ao imperador:

— O que aconteceu aqui? Não temos notícias de Lo-Yang, faz muito tempo e acreditamos que a cidade havia sido tomada por invasores. Sentimos o tremor de terra, mas não sabíamos com exatidão o lugar em que se havia produzido.

— O general contemplou a cidade e o palácio destruídos. Em seguida perguntou ao ancião que se encontrava diante dele.

— És tu o chefe? O imperador sorriu e respondeu:

— Não, trabalhamos todos juntos – contudo, atrás dele, alguém se levantou e disse ao general:

— Este homem é o teu imperador – o general olhou detidamente o velho e reconheceu-o pela cicatriz que ele mesmo lhe fizera, sobre o olho, quando era criança e se batia contra o jovem imperador. O general ajoelhou-se, e então o imperador lhe disse:

— Levanta-te, despoja-te da tua armadura e vem com teu exército ajudar-nos a reconstruir Lo-Yang.

Entraram na cidade e o imperador ensinou-os a utilizar todos os instrumentos disponíveis. Fazia frente a cada situação, empregando os elementos que estavam ao seu alcance. Se lhe era apresentado um problema, se alguém lhe dizia: "Não podemos fazer isto!", o imperador não sentia pânico, senão apenas dizia: - Vamos vê-lo. E pelo caminho vinha-lhe a idéia, formava-se o pensamento, de modo que quando chegava ao lugar, já havia encontrado a resposta ao tal problema.

Os meses passavam e Lo-Yang recuperava a vida; o imperador vivia numa pequena casa construída no seu jardim. Havia recolhido todo o mármore e o granito do antigo palácio para reconstruir a cidade. Assim, um comerciante havia construído sua casa com o mármore do dormitório imperial, um tintureiro trabalhava numa casa feita com as pedras da grande sala do palácio e um inválido tinha o trono como cadeira. O imperador, de pé, no meio do seu jardim, olhava Lo-Yang. Não era muito impressionante, mas a vida estava presente e compreendeu que havia empregado bem cada momento. Começou então a fazer-se perguntas:

— O que haveria passado se eu tivesse morrido?

— Quem havia de fazer tudo isto? Neste momento, sentiu-se puxado para trás e caiu na água do riacho. Deu uma volta sorrindo e viu o velho sábio.

— Pensas outra vez, imperador! Não é pensando como compreenderás de onde vens nem para onde vais. Pensar é um instrumento, é como aprender a caminhar, como saborear tua primeira refeição; não é mais que um instrumento, um primeiro passo, uma primeira prova. Aprende que é um passo importante, que deves aprender a pensar e que deves saber também, deixar de pensar, pois não ajudarás o teu povo, nem te compreenderás a ti mesmo com elucubrações! O imperador sorriu ao velho sábio:

— Fiz bem o que tinha que fazer? – Perguntou.

— O que fizeste? – Respondeu o sábio; ao que o imperador contestou:

— Olha Lo-Yang, a cidade ressuscita, dei todas as pedras do meu palácio para reconstruí-la.

— Não era isso o que tinhas que fazer? – Disse o sábio.

— Era isso o que se supõe que deveria fazer? – Perguntou o imperador.

— Fizeste-o, sim ou não? – Replicou o sábio.

— Sim – contestou.

— É, pois, o que tinhas a fazer, o que fazia parte do teu ser verdadeiro. Por que me fazes esta pergunta?

— Por que me sinto só – confessou o imperador.

— Por quê?

— Necessitaria de alguém com quem falar – disse o imperador.

— Fala com as pessoas que te ajudam! – intimou o sábio.

— É que me temem – explicou o imperador.

— Por quê? Por que te retiras para o teu jardim? Por que és imperador?

— Não sei – disse o imperador.

— Vamos, pois a Lo-Yang – propôs o sábio.

Saíram do jardim e entraram nas ruas da cidade. O soldado que o havia ajudado acolheu-os com amabilidade, também o fez o tintureiro, todos lhes sorriam saudando-os cordialmente. O imperador viu o menino que não havia querido sair das ruínas e ele lhe devolveu um sorriso feliz. Ao caminhar pelas ruas de Lo-Yang, podia perceber o calor das pessoas ao seu redor e sentia-se bem.

O sábio disse-lhe:

— Eles não têm medo de ti, respeitam-te. Há uma diferença sutil entre medo e respeito. Estas pessoas respeitam-te pelo que és; antes te temiam, mas agora te respeitam. Utiliza este respeito; não te retires ao teu jardim, ao teu mosteiro na montanha, ou a um lugar oculto em que não possam te ver. O respeito é o signo da maior evolução que existe num ser; origina-se quando o indivíduo sabe quem é.

O imperador voltou-se para o sábio e disse-lhe:

— Agradar-me-ia que sempre estivesses comigo, tu me dás confiança e paz.

O sábio sorriu e disse:

— Estas pessoas que te rodeiam têm a mesma impressão contigo!

— Como? – Perguntou o imperador – sentem por mim o mesmo que eu, por ti?

— Sim – confirmou o sábio.

— Nunca havia pensado nisso! – exclamou.

— Por que não o fizeste? – Perguntou-lhe o sábio.

— Por que eu apenas sou imperador, enquanto tu és sábio!

— Isto não é mais que uma questão de terminologia – respondeu o sábio.

— Utiliza o que és!

O sábio prosseguiu seu caminho, enquanto o imperador deixava-se ficar no meio da rua, vendo-o afastar-se. O velho sábio não se voltou, não olhou para trás. Sabia o que era e quem era, sabia que outros necessitavam também descobrir essa confiança em si mesmos que ele havia permitido encontrar ao imperador, sentir essa luz, ter alguém a quem olhar com respeito, mas sem medo, pois o respeito permite a evolução. Permite evoluir

até o conhecimento sem ter necessidade de palavras, permite tomar consciência de si mesmo. Um garotinho acercou-se do imperador que estava olhando como se afastava o sábio, tocou-lhe a manga e disse-lhe:

— Senhor! – O imperador voltou-se para ele:

— Que queres? – perguntou-lhe.

— Imperador pode dizer-me de onde venho? Quem sou? Para onde vou?

impressão e acabamento:

Fones: (11) 3951-5240 / 3951-5188
E-Mail: arteimpressa@node1.com.br